JN118365

中国現代詩人文庫 5

趙光明詩集

川中子義勝／佐々木久春／金春龍 監修
柳春玉 訳

土曜美術社出版販売

序

このたび「中国現代詩人文庫」という形で、優れた中国詩人たちの詩の翻訳を日本の読者に紹介するはこびとなった。一人ひとりの作品を一冊ずつにまとめ、順に刊行していく。

彼らは中国朝鮮族出身の方々で、黒龍江省、吉林省、延辺朝鮮族自治州、遼寧省（瀋陽）などの地域で活動されている。朝鮮半島の根本にあたるその地域は、すでに尹東柱ゆかりの地として知られているが、そこで今日なお詩人たちがどのように暮らし、いかなる作品を記しているかを、今回初めてつぶさに知ることができる。詩人たちの関心はそれぞれ違い、様々な主題を表現している。自然を愛しそこに命の歌を聞こうとする詩人もいれば、経済的破綻の現実や社会の困難な側面と向きあおうとする詩人もいる。現実を受けとめ、さらに芸術の真実を追究してゆく。あるいは故郷を離れ、暮らし続ける土地への執着を象徴的に語る。発表が困難でも、詩への愛ゆえに懸命に言葉を紡ごうとする。

それぞれの課題達成のために力を尽くす彼らの詩を日本語に移すのは、同郷の詩人柳春玉。久しく日本で生活を営みつつ自ら詩作に励んできたが、このたび恩を受けた詩人たちに報いるべく献身的に翻訳の筆を取った。その熱意と努力には頭が下がる。中国、韓国、日本の間を仲介するその業績が、今後の国際交流に貢献し、良い関係を築いていくための一助となることを願って已まない。そのためにも監修者として見守ることができたことを喜びとする。諸事情で魁を果たす詩人たちには久しくお待たせしたが、まずはこうして揃っての出立が叶った幸いを言祝ぎたい。

東京大学名誉教授　川中子義勝

詩篇

第一部　界の悲しみ

第三部　朝　水がない

第四部　過ぎ去った今日

詩篇

第一部　界(かい)の悲しみ

足元の道のヒソヒソ話——

この道があの道だよ
あの道がこの道だよ

そうか！　でも！

この道から　この道へは飛び越えられないよ
あの道から　あの道へは飛び越えられないよ

——「界の悲しみ」

界の悲しみ

生を歩く私の足は
しきりに冥土への道を尋ねる

足元の道のヒソヒソ話――

この道があの道だよ
あの道がこの道だよ

そうか!　でも!
この道から　この道へは飛び越えられないよ
あの道から　あの道へは飛び越えられないよ

座禅　ある三十代の朝

瞑想しない朝
瞑想なしを瞑想する

座禅
雑念を消しなさい

お母さん　あなたの灯火(ともしび)は
まだ明るいですね

どの崖の苔にも
生は燦然と輝き

愛の裏では
裏切りの理由が陰謀のようにあざ笑う

痛みはこの時代と同じくらい
燦然と　はっきりとして

空っぽの器で生まれた身よ
太って　やっぱり空っぽになった

夜明けの星のうめき声に
耳が開いて　湧き上がる孝行心

座禅の理由はいつの間にか
火のつく西の空　オンドル上に座る

貧者の器の上にあふれる笑いを

お腹が空いた子犬は見向きもせずに
コロコロ転がる　石だよ
コロコロ露だよ

額（ひたい）を当てた　川の向こうの船の頭が当たった
血で濡らしました　渡れなかった罪をご存知ですか？

私ほどの大きさの鐘の音が
忘れろと後頭部を叩く

心の眼は　まだ開いていないのですか
私の目覚めた肉体よ　まだ眠っていて

風が吹いてきて　私の眉一本を
抜いていく　火をつける　眉の中に私が燃える

尋牛図読み

乾いた川底に私が横たわって
私は乾いた川底に乗せられて　どこへ行くのか

友よ　あなたはあなたを解き放ったのか
道連れに　一緒に悟りに近づこう

牛を探す牧童は　草むらで草笛を吹き
横たわって　私のように空の雲に　魂を奪われたりもした

しかし　牛の足跡があるじゃないか
それは運命の道の上で　明らかだった
発心（ほっしん）は　もちろん歓喜だった

しかし　歓喜はまだ道ではなかった

牧童は牛の足跡を追って歩いた
その過程は省略しよう

横たわった私の破れた服と
そして　枯れた唇を見てみよう

山があって　水があって　鳥がいて
そして　牛がいるところにたどり着いた時

牧童は自分が牛であることを知った　牛の中で
自分がどれだけ一生懸命悟りを求めて修行したのか分かった

慧悟（けいご）の鐘は　その時鳴り　その時　私は
川の水の上に横たわった　元の私の家じゃないか

渇き

無色の水は流れ
無色の界へ行くのか

無光の星は輝いて
無光を照らし

ちょっと行って来たよ
まだ　空の墓だね
命の窪みを一生懸命掘ったのか
星のような命が流れていたよ

無色の汗が

私の色で
しばらく星のように泳ぎ
行ってきたね

のどが渇く
無色の水は　私を潤してくれるのか

眉一つ　少しだけ行った　その場所

眉一つ　少しだけ行った　その場所
星一つ　眉のように落ちた

原罪の巣に宿った愛
念仏を避けて木魚の中に隠れ

墜落の翼を広げて
追いかける時代の朝には
いつの間にか冥土の花のような霧が
幕を開けるようにかかる

歌い疲れた一世代が

ついにかっと喀血した後
血の色のカーテンは　ついに開かれるのか
我らの墓の上に火のついた眉

虫の声で

私は行った
暮れ迫るこの年の瀬に
年輪を失った一本の木で
私は行った

私は死んだ
夢をすべて解いて　この世の丘に
再生できないあの世の水を注ぎ込み
私は死んだ

私は
行ってしまった私を見守ろう

私は
死んだ私を迎えよう

白いハンカチを振りながら
白い哀悼の詩(うた)を詠みながら

道はどこへ行くのか

道を開いた師よ
あなたは道の上に倒れる

道の上に住む師よ
あなたは道を分かりましたか

あなたが死に
あなたを殺した道
道はあなたを分かりましたか

道の途中で
道の外で
私は道の死であるしかない

微笑

私の指は仏様じゃありません
私の足の指も仏様じゃありません
それなのに

指に向かって
足の指に向かって
三拝よ（結跏趺坐）
そしてまた三拝よ（結跏趺坐）
私のいるこの世
私のいないこの世

指先

足の指先
浮かぶ星一つ　星二つ

指と足の指
合掌じゃありません　合葬です
星がブルブル震え
落ちる　闇へ

仏様の微笑（みしょう）は常に石のようだ

地平

火かき棒に私の愚かな姿を刻んでも
仰げば　それは仏様です
仰ぐ私は　菩薩です

読経の声のない私の昼寝の密室
木鐸を叩くように私の後頭部を叩くのは
私ですか？　あなたですか？

たった一輪の花を咲かせるために
蓮の葉の香りまでも　一杯
たった一杯の甘露茶を作り

沙門でもないあなたは
なぜ　数珠を持つのか
地獄と天国の間はたった一枚の紙の厚さ

その上を我々は意気揚々と振る舞い
肉を食べ　草を食べて
光へ行く　埃へ行く

火かき棒を杖として
木鐸を叩くように世の中を叩きながら

花を探して

アシハラガニが横に動く時
かたつむり　上へ動きなさい

その全ての歩行の原理
しかし　花は一堂に
香りを発して四方に行け
私はどこへ行くのか
前に　前に進む私は
結局　後ずさりしているのかもしれない
私は花に近づくのか　遠ざかるのか
胸に懐かしい香り　香り
花を探しながら　吐き気する私は

私の足の裏から上がった反逆なのか

私が前に行く時
影は後ろに来て
その影を踏んで
私は私の香りのない虚栄に追われ
どこへ行くのか

空に向かって作った手の形
花に向かってくちづける私の唇が枯れたようだ
花はある予言者の塀に
不確実な予言として生えたのか
今でも時刻は永遠の霊時だ

完成

せっせとシャベルで作業した
土を積み上げた
人から目を背ける
捨てられた
腐ったぬかるみを求めて
泥をひたすら汲み上げた
蓮の花は
泥に
根付くのではないか
一生懸命　空けた
一箱の土に
一握りの心を

体外に出しながら
一番汚なかった所に
最も美しい
蓮の花一輪　咲かせるという
その信頼を喜びに
一生懸命　一生懸命
蓮池を作るのに
汗をかいた
しかし　蓮池は
まだ形もできてない
しかし　蓮の種一つも
まだまいても　植えてもいない

走っていたウサギが落ちて
死体となり倒れる
通りすがりの風が

馬糞の匂いするごみ一握りを置いて行く
どこからともなく飛び出したネズミ野郎たち
世紀末の眼差しで私をにらみつけて
太陽　月　星はどこへ行ったのか
しかし　雲もすれ違い
雨一滴もまだ降らせていない

――世界中に世界の外の蓮池をどうすれば作れるのか？
――最も美しい蓮池を作るというその気持ちを捨てなさい！
――シャベルを投げなさい　その未完成の蓮池から去りなさい　旅に出なさい
歩いて　歩いて　丸く
ある日　また戻ってみると
ウサギの死体も馬糞臭い干し草も共に腐って
この世で最も美しい蓮の花一輪を自分で咲かせているだろう
その時　胸から線香が燃える匂いが浮かび上がるだろう
あなたはもともと衆生ではないか　線香一本にも及ばない

理由

私が私を投げたら
その投げられた私を抱きしめてくれる所が一体あるのか

懐で
胸で
そして墓場である
この土地
私が投げられる場所は
どこか

振り返って私の足跡です
私が横になる足跡は

まだ私に一つもない

顔を上げたら　あの空です
私の最後の眼差し　拭いてくれる美しい空が
まだ私には一欠片（ひとかけら）もありません

私が私を投げて私が私を助ける
その墓の場所を私はまだ知らない

（この世はどこも墓であるけれど……）

落花の季節　1

いつ来たのか
闇を踏みながら
いつ去ったのか
光を浴びながら

道は短い
闇と光だった
鐘の音を踏んだ足
あざができた舌

振り返って眺める空に
ああ　太陽や月はなく

乾いた井戸を回って
祈りの裏道
開かれた胸に落ちる
閉ざされた鐘の音

落花の音　楽しいね
落花の音　楽しいね
割れた鐘の音を
落花が　拾うね

落花の季節　2

胸は熱いのに
花はなぜ　もう散るのか

一緒になっては
去った恋しさと
別れて
楽しい再会

胸はほぐれるけれど
言語はなぜ固まるのか

花咲く季節　遠く

花びらの片隅に立って
ああ　春に病む　病（やまい）で
風の中に

私が揺れる
心を空にする　秋の子に

白い子犬たちの朝

真っ暗な朝
雪は降っているのに
一匹の子犬は這う
悪の車が街を過ぎると
予言の木に
泣くカラス
欲望の朱色の唇に
消えかかった血の色のタバコの火
救いの煙突には
悪からの逃避の道がある
子犬は吠える
朝の扉を開けて

そのドアから走り出る
一匹　また一匹
逃亡する子犬たち
世紀のトンネルのような
暗い煙突の中を落下して
ついに百一匹目の子犬
母のいない野原に
走って　走って
落とし穴のような
人間の川を渡る
そしてカラスの羽
白い雪を拍手して払う
子犬
子犬
子犬
子犬

……たち
白い……
白い……
歓呼の子犬たち

花の自殺

みずから首を折って死んだ花
その花の死には　一滴の血も流れなかった

だから　土地は美しく
だから　花は死んでも　甘美で美しい

しかし　その死んだ花に口付けすることはできない
その花の微笑みを離れたぬくもり

その花と合葬する花がない事実がとても悲しく
その花の死を　この世のすべての花たちが
一緒に悲しんで泣いてくれない事実がもっと悲しい

死の理由を問うまい
生を選べない命に
死は　ひょっとしたら
生きて選択できる最大の権利
それで去った花なら、さようなら

花の鬼のような微笑みで
なぜ　私はあの空にさえそっぽを向けたいのか

花　その死の外で歌う挽歌

花は死んだ
愛する私の花は死んだ
死んで素晴らしい花の香り
その死の香りを嗅いで
私はなぜ死なずに
私は　なぜ　まだ生きて詩を書くのか
一輪の花より美しくない私の詩
生きている私の詩は　なぜ
死臭がするのか

花の魂を呼ぼう
木魚を叩くように

ある詩は蓮の花びらにでも
菩薩のような私の唇から
花が行った所に　詩が行くのですか？
花が行った所に　愛が行くのですか？
はためく哀悼の旗に
笑う哀悼の詩

私のための哀悼の詩は
書かれているか

死をもって咲く花があれば
その花に生まれよう　私とそして私の……
たった一行の詩よ！

永遠の命

春を彩るなら
その春に一輪の火を着けて

春になると　すぐ勢いよく咲き誇る花たちを
着くとすぐに容赦なく焼き払う春の火

熱い花と熱い火の合唱を
花のうめき声と火の歓呼じゃなくて

花の歓呼と言おう
火の嗚咽と言おう

逃げられない因縁
その縁の懐に

花と火は会ったのではないか
生と死を楽しむのではないか

一輪の花も咲かせることができなかった私を
あなたよ　あえて　西の空　恍惚とした夕焼けの中に投げてしまって……

花が去った裏道に

花の時間は終わった
美しい花は消え去った
去ってしまった花々の標的に
蝶の羽一つ
花びらの代わりに花軸(かじく)の上に乾いて置かれて

秋という時の中
懐かしさという単語一つが
きらめく涙のように浮かぶ

あなたのために折った花が
永遠の痛みの標本で

博物の標本のように横たわる秋の丘に
永遠の愛のミイラへ
私も乾いて固まって花と一緒に合葬されるか

花を植えるように花を埋める者
私は　もう私を埋めて
花を植えようか
私が喪服を着る理由を
私だけは知っている

花の怨霊

西の空にない窓
窓の中に空洞になった花瓶

花は西の空の向こう　どこに行ったのか

官能の長い舌を嚙み
流した血
血を舐めて　染めた
花の色の舌

わが子よ　恋をしてみたかい？
愛で死んだことがあるかい？

東の空に浮かぶ星ではなく
西の空の永劫の星に

わが子よ　くねくねと私について行こう
わが子よ　こりこりと愛を噛みに行こう

花の流した血が
美しくも
西の空の我が家へ
道のように伸びたね

一人で上がれ

この道
西の空への花道をあなたは見たか
真っ直ぐに伸びたその道の上に
あなたは　どんな名前の花を持って上がるつもりか

何の解釈も書かれていない木鐸
それを叩いて　あなたは尋牛図を読むのか

お前の胸を叩け
ただひとかたまりの真実　黒い血を吐くまで

あ　そしてその黒い血で

あなたは自分が持っている花びらに哀悼の詩を書きなさい
寂しくないだろう

ある三十代の自画像

いつの日からか囚人のように頭を下げて吐き始め、一生懸命、吐いて今に至る。

三十代の裏道に吐いた汚物、それは生に対する私の三十代の解釈かも知れません。

吐くつもりで食べたわけではないのに、吐き出した汚物は食べたのと同じくらいいっぱいで、生の胆汁まで一緒に吐き出す若さの悪質さを、私は絶対に止めない。


どんなに広い道だったか分からないが、どんなに意気揚々と振る舞ったことか。

すべての愛にバラの名前で誓い、どれほど一生懸命に若さを楽しんだことか。

しかし、今の私はたった一枚の完全な花びらさえ享受できずに。


死んで、生きる私の名前、三文字を吐くよ、生きて死ぬ私の名前、三文字を吐くよ、私の名前もこんなに汚い汚物だったとは……。

秋の座禅

瞑想の石を投げても
秋の湖には　波風はたたない
干上がった湖底に
うち重なる蓮の花の死骸
露の身で笑った子供の僧侶は
ある劫の葉に
潜り込んだか

季節の壁
その壁を背にして
私は乾いた湖に釘を打とう
水の渇いた泉の穴を探し

力強い蓮の根で
乾いた湖の胸に
水を求めて脈を探して
釘を打とう
行者よ　祈りを知らない
行者よ

あざが出来た瞳に
再生の蓮の花は華やかに笑い
傷ついた胸の釘は抜ける
そして水は浮き上がる
濡れることを知らない私のお尻よ
湖に長い根を
禅で打ち下げて

菩提の風の中に

浮いている花よ
風に乗って秋の丘の向こうに

行者
菩提樹の下でぐっすり昼寝をしていた
行者　顔を覆った笠に穴が開いて

菩提の風は熱望のように熱い
悟りの道に向かって這っていた果物
熟すことなく倒れても
香りは素晴らしく

あなたに　愛を学んで　十年

愛がまだ何なのかわからない世間知らずのあなた
菩提の風の中　あなたの唇はあでやかだ
愛の真の意味を
欲情のように　どんどん厚く塗って
あなたはきれいだ

そして　私はまだ菩提樹の下に
座っている
輪廻の風を
合掌の中にきっちり閉じ込めて
あなたの名前を混ぜて　煙が出るように
待っている姿勢で

菩提の季節の中に
六塵（ろくじん）*が蒼白だ

* 仏教で言う「六境」（色、声、香、味、触、法）のこと。

空(から)にする――空の器に私が乗って

器を空ける時期になったね
いつも盛ったね　一生懸命に
しかし残ったものは何もない
それでも空にしなさい
心に映して

魚を知っていますか
遠い昔から尻尾を振るだけで
前を探して
エラを開いたり閉めたり　歳月に耐えた
あの水の底の魚を知っていますか

その魚一匹が今
乾いた鉢の上に座っている
鉢に尻尾を振る
水で泳ぐように
一生懸命　一生懸命

如何なる変化が起こるか
鉢がこぼれて
乾いた鉢だったのに
鉢がこぼれた土地は濡れて
濡れた土地に魚は泳いで
どこへ行くのか

ああ　どこへ行くのか
海に
魚にも

及ばない
あなたと私とすべてのあなたは

地が流れる
鉢が流れる
魚が流れる
そして　空になった器に
空になった私が入るよ

もう分かったでしょ　空にする理由を
魚のエラは閉じたまま開かない

放生（ほうじょう）

もう　水も行くよ
行く水の中にすべての魚たちも行くよ
永遠の命の水はどこにあるのか分からない
行くのに　よいしょ　よいしょ　生命は忙しい

私は私を解放します
私の手で捕った小魚を放すように
私はぎゅっと握っていた私を解放します
放生　放生　私を放生します

摑むために持って生まれた手なのか
手で実に多くのものを摑みました

しかし残っているものは何もない
そして摑む理由はいつも
摑まれた私が笑っていました

愛だと信じていました
愛していると言い張りました
しかし　私はぎゅっと摑まれたまま
私には泳ぐ水さえなかった
それでもどんどん小さくなり

今　私は魚のように小さく
水の乾く季節に息が切れます

水に沿って行こうと思います
放生　放生　私を放生します
今は私を

ぱっと放します
自ら泳いで行く所を探すように

雪の日の修行

雪が降っている
読経の声のない私の庭に

電気が消えた
だれの息だ

電気を点けたことがない
点ける手がないじゃないか

冷たい風が来ては去った
そして私は裸だ

そして　私はトイレのドアの前を箒で掃除する
雪もなければ　ほこりもない
そして　修行者たちが
私におじぎをする

眠れない夜

幾日目
月は
どんどん欠ける
痛い電気を点けて
思想の長い
廊下を通って
たたく肝臓
肝臓は熱にうかされて
青い苔のような
歳月によって固まる
時間を知らせる
遠い鐘の音

近くの思想を掘り起こし
痛い目を覚ます者
視野　明るくなってくる

かちゃん　かちゃん　くるくる

回れ
回れ
独楽
独楽
運命の舞いの如く　順応と拒否

回れ
回れ
鞭
鞭
自覚の革命の如く　反逆と忠誠

私

道
そして　ビルの森……
警笛の音……
――もしもし　夕方には　詩を書きましたか？
――あ　はい　もう朝が終わりますね

鞭の先にまさに
太陽の皮がにじみ出ています
月の光のように　愛

故郷は　どこか遠いところで
くるくる
よく回るね　巣と翼

かちゃん――
かちゃん――

痛い明日

遅刻常習犯の笑いが美しい時
蒼白な太陽は　時間を失った旅人のように
真っ赤な鐘の音を
鳴らさずに
最後のキスは
まだ遠方のお客様へ
作業することが楽しくなった
空っぽの殻は
主人公のように
時間をノックして
火がつきそう

ただ墓の中に
眠る鐘の音

第二部　都市の漁師

釣り竿がしなる
釣り糸がピンと張る
しかし　都市の未練から
逃げ出す魚はまだいない

――「都市の漁師」

都市の漁師

この大きな網をどうしようと
その中から抜け出す勇気を
都市は　持ち合わせていない
太った肉　そして痩せた肉は
みんな瞳孔を失った
そして　羽根のように羽ばたいて
閉じ込められた運命を楽しむ
肌の中に　血の中に流れる
垢じみた都市の生理
エレベーターの中　膨張する欲望のように
肉は鰾（うきぶくろ）をうんと膨らます
うんと膨らませ　うんと膨らませ

プカプカ浮いて　プカプカ浮いて
今日も空には届かない

世紀の最後の青葉が吐き出す
黄色いほこりの痰を吐いて
皆が息苦しそうに行く理由を
都市は持っている
太るほどお腹が大きくなり　お腹が空いた者の理由を
都市は知っている
エサは誰が投げてくれるのか
あなたの大きな口　その中が温かく見える理由
そして私の赤い口　その中に入り込むあなた
群れは網を自覚せず
右往左往　都市の秩序を守り
網の中で釣り場を探して
網目　網目ごとに巻き付く長い舌

釣り竿がしなる
釣り糸がピンと張る
しかし　都市の未練から
逃げ出す魚はまだいない

漁師　一番高い　あるビルの上で
一番太った笑い一つを長い釣り糸に垂らして
クスクス　クスクス
拍手！

霧の中の都市

1

霧の故郷を聞かないで
そして　都市はわからない
盗賊になりたい日
都市には知恵の樹もなく
恥知らずに
官能に富む
闇　そして　闇は
都市の軒下
盗賊猫の瞳孔の中に輝き
太った服をずうずうしく着込んだ都市は

遮るものがなく　あまりにも露骨だ
ドアを開けて　ドアを開けて　私が入るから！
入りなさい　入りなさい、すべてのあなた！

愛の手　そして　足が
手を握る　または　足を握る

2

流れる
生理の日の熱いさわぎで
流れる
霧の中の都市は　川になり

寝転んでゴロゴロ

都市に関する伝説は
流れてどこへ行くのか
誰が読むのか
太った日に瞳孔を失って
昨日はいない

渡る子がいるか
迷子は素足だ
夢遊は起こさないでおこう
霧は足の裏を濡らせない
寝ずに夜も狂ったように
ディスコで踊った都市
霧をさわる朝
十字の道に額をぶつけて
都市は今日　どこへ行くのか

3

どこかに行くだろうが
行くといっても　どこに行くのか
今日だけは都市よ　道を見回して
むしろ霧の中で道に迷わずに
クラクションに黄色の光
霧灯を目印にして

4

わが子よ　霧の川を渡って
都市を歩いたわが子よ
霧の中の都市で
何を拾い上げたの

渡れない川はまだ多い
どこへ行く都市か　水は朝
聞かないで　霧が晴れる所を
そして　あなたが履く靴はまだない

そして　あなたは霧を渡った裸足で
この都市の片隅に疎外されたまま
ただ一人　霧に濡れて声を整えた
あの風鈴を
叩いて　鳴らせ
そしていつか　また霧の都市の中に
あなたが最後にきれいな一塊のあなたの血を
吐いて濡らすのは　あの風景だけだから

冬の霧

水は凍って去った
霧は凍らず
柔らかい生理で流れておいで
都市はなく
ぬれた朝の髪
霧の巣はどこか
巣を失った翼よ
羽ばたくのに方向をなくし
霧の巣にぶつかって
冬の空に熱い血が一滴
都市の愛は霧に濡れた
唇が見つからない

私たちの血を流す時間はまだ……

あなたの浮気心
その心を疑わずに
私は　今日は愛したくない
雪は　まだ降っていないし
私たちは　まだ服を脱ぐ時間じゃない
面倒な服といえども
私たちの罪に罪を着るように重ね着して
暑いし　息切れしても
今日は浮気心を失わないための稽古のように
必ず縛ろう　私たちの逃げようとする血を
あなたの口の血の甘いにおい
あなたの血を見たいのは事実だ

私もあなたと一緒に血を流したい
私のこの衝動……　しかし！
私の純粋な血で美しく染める
純白な雪は　まだ降っていないし
私たちが血を流す時間は　まだ来ていない

冬へ行くつわり

冬へ行く女の子は
つわりでぐずる
最もひどかった逆境の中でも
むしろ　屈せず勃起して頭を上げた
私のありがたいあいつみたいに
かわいい　冬の雪の中の梅の花に
その血を流した青い唇を当てて
羊水に濡れた
汚れのない胎児の息吹を吸うように
吸うふりをする
そして　幸せなふりをする
そして　しきりに感動を吐き出そうとするふりをする

女の子　春に　妊娠することが夢だった
女の子　冬になるのに　なぜつわりなのか
まだ草笛の音がないのに
しきりに花びらの上に　きらびやかな血を吐いて
不妊の不安を罪のように
むしろ偽りのようなつわりで
冬の丘の上に　冬の丘を越えて……

冬の舟遊び

水のない川は凍った
熟していない女の子の着衣のひもを解くように
冷たい櫓をゆっくり漕ぎ
冬の船よ　終わりの葉の墜落のように
川底に沈んで　それから浮こう
飛び立つように
水は去り　着地した床
冬の蛇が這わないその底へ
巣を探すように　ふらふら這って
冬眠から逃げる船になって
水路を遠回りして
船道の上に　今　上がるのですか

丘また丘　疲れた牛が口にくわえた
熱い泡のような　息を切らす
白い息を胸にはたいて
女の子　溜飲を下げるのはまだ始まる前か
そして　男の子の冬の川船遊びには
船頭の歌がない

最後の草笛は俺が吹こう

欲望でべっとり唾を塗った
最後に濡れた唇で
秋の最後の自尊で傲慢である
最後の青い葉を探してキスしよう
そして　吸ってあげよう
最後の緑色さえ欲しがるように
ありったけの力を尽くして精一杯吸おう
吸って　吸って　やっと
その最後　青い葉のうめき声が
うっとりするような音楽として流れたら
ああ　私はその葉で唇を切られ
そしてその葉に私の血を塗ろう

草笛を吹いて行こう

細い草一本で
あ　遠く
信念のように尽くしていく

最後の露にも
太陽は笑うよ
明るかったか

叶えられなかった愛
鎮まる火の粉
その灰の上に

一人で
旗のごとく
はためく草

運命のようにズタズタに裂いて
口に当てて吹けば
ピピピピと鳴り出す

枯れた　あの宿命の歌

過程

それなのに
雨が降っていません
それなのに
私たちは傘を持って雨に打たれています
ずぶぬれの体を乾かす場所がない
私たちは痩せてしまったお母さんを呼び　お父さんを呼び
彼らの生を乾かした焚き火を呼び
かがり火の涙を掘り出しながら
私たちは雨に打たれています
それなのに
話は少しも乾くことなく濡れます
激しくすすり泣いています

洞窟を笑い　恥ずかしさを笑い　木の葉の服を笑い
石投げした腕を笑って
それなのに
結局　太陽に当たる石
今はない
私たちは雨に打たれています　たっぷり！
干からびた穴が燦然と輝いています
固い岩の咳がとても美しいです
なのに　私たちは
ひたすら濡れています
もう……

黒い微笑

誰かは　春風だと耳の下を赤らめていたのに
誰かは　空の下で赤い花のつぼみが　きれいだと言ったのに
誰かは　闇を布団のようにきちんと重ね合わせていたのに
誰かは　星を作って孤独な空に浮かべていたのに

昨日は　どこに行ったのか　葉を噛んで
青い汁を花びらに吐いた
ピシャリと閉めたドアの後ろにネズミ狩りをした猫の赤い唇のように笑ってい
た
喜びも　目をつぶると悪夢に苦しみ
砂場に泥が隕石のように刺さった

昨夜は　どこへ行ったのか　花のタオルについた
たくさんのオナモミを採って　穴のあいた垣根に投げた
動くことのない時計の振り子をぼーっと見つめていた
平面鏡を削って笑顔の鏡を作っていた
鏡を飾った手を黒く染めた
誰かは　無口な娘が美しいと言ったのに
誰かは　春がもう去ったと　わらびを採って泣いていたのに
誰かは　小さな恋に疲れると言ったのに
誰かは　消しゴムを失って夢を変えたと言ったのに

なぜ雲を泣かせなければならないのかよく考えると
全部垢だらけの顔だから　洗わなければならないし
涙を握って海に投げて
大切に　この青い落ち葉を体から落とさなければならないし
木一本を見つめ直して

これからは　地面を見るべきか　そっと見たら
曲がった道も真っ直ぐに伸びていて
旗も引き裂かれることを知らずに
朝は愚かな態よりも愚図で
両眼だけが　まっすぐに目じりを上げて

しかし！　すべてが燦然たる終点なのだ！
しかし！　すべてが暗い始まりなのだ！
誰かは！　自分に勝てずに泣く！

貧乏

昔も今も
貧乏は
ありふれたこの世の落葉
貧しい人たちは
それを掃いてしまう箒を
がむしゃらに昼も夜も探すが
しかし　貧乏というのは
とても重くてねっとりしたものなので
一度身についたら
振り払ったり　剝がすのが
あまり簡単じゃなくて　むしろ
ベタベタともっと厚く

くっつくことも　たまることもある

昔も今も
貧乏は
どんなに大きな罪であったか
貧しい人は　豊かに暮らす人の前で
獣のように頭を下げなければならず
心の中で育てる
貧しくて悲しい木
葉はすごく苦い
噛んで唾を飲み込んでも胸は苦しく
いい暮らしをしたいという欲望は
ろうそくのように闇の中にだけ溶け落ちる涙

みんながいい暮らしをするために　がむしゃらに頑張るこの世に
貧乏は今日も明日も

どこにでも散らばっている落葉
貧乏から逃れるためにもがく
貧しい人たちの汗の上に
その汗を飲んで　もっとよい暮らしをする
肥える者たちがいるから
貧乏は昔から
怠け者や無知な者だけの財産ではなく
富も昔から
勤勉な者と有識な者だけの財産ではなかった
転がっていた落葉は
腐って　腐って風に飛ばされて
もっと多くの落葉たちが
間違いなく転がる

明日も貧乏は
時代の富のようにありふれている

最後まで歌いながら

最後の歌　それ一つで
一番美しい花一輪を
咲かせて　その花の上に
最後の一番長いキスをしよう

愛する心には　歌があるだろう
美しい歌には　香りがあるだろう
その香り　唇には情があるだろう
その情で咲いた花は暖かいだろう

侘びしさの火を灯したさすらう旅人
道端に咲いた花のように　埃の中でも笑って

自分で作った歌で情を育てよう
道に　道に　長く口付けしよう

目の前にいつも咲いている花
その花の家を探して
新しい歌を作って歌おう

朝

暗黒の祭壇に酒一杯を注ぎ
夢が覚めれば露に服が濡れてしまう

もう恐怖の悪夢のようなものも
エッフェル塔のように高かった夢幻の蜃気楼も

すべて崩れる　闇のように
がらがらと　歌のように未練がなくて

明日なき我が身よ
歌を歌おう　踊りを始めよう

ジタバタして　ミミズのように
土の中に埋もれて知るすべもない　ある時の――
今日は果敢に絢爛たる
落とし穴を掘って祭壇を造ろう

あの空にさえ理由はなく

春を失った翼よ
どの花の香りにも届かない
巣は冷たい風景
遠い恋しさは石の玉を抱く
どうやって飛ぶの？
氷の壁のようなあの空の道……
翼のない星の飛行には
霜の花のような光が燦然として……

祈り

愛し合う者同士
遠い太古の時　善悪と盗賊の
アダムとイブのように
お互いに恥ずかしがり屋で
悪と罪だけは
愛の舌でなめてしまおう

服に服を重ねて
私たちは今　恥ずかしさも知らずに
アダムとイブは裸だった
彼らはきれいだった
蛇が見上げた青い空

丘に向かって　触れられなくても
お互いに惜しみなく
苦しみの道を幸せに
勇ましい足となって　足を揃えて

お互いを撫でてあげて
お互いを大切にしよう
火のように！

夜の鳥

夜の鳥は
かならず夜通し歩いている
翼を濡らす
露を啄んで
夜の隅と隅の間に
小さなくちばしで
血の地図のようなものを描く
海は遠い所で　揺れて笑って
岩は遠い所で　巣で呼吸し
ただ夜の鳥は
自分の翼を惜しむ
しょっぱい味と染み付いた臭気の

痩せたような　太ったような
星のない真っ暗な夜の瞳孔を触りながら
遠くを指す手のように
夜の鍵を感じる
地底から湧く闇と
その闇の事情を開く鍵の
曲がりくねった道を
海の無限と岩の点で
慰めるように笑いながら夜の鳥は
かならず夜通し歩いている
深い地の寺のような敬虔な気持ちで
声を張り上げて歌う
赤い丸木小屋へ歩いて行く

きれいな子犬

子犬はワンワン
日を見てほえる
月を見てほえる
星を見てほえる
木を見てもほえる
花を見てもほえる

しっぽを軽く振って
毛を優しく立てて
風景にほえる
わがままな子犬の高いテンション
ワンワン　ワンワン

日はにっこり笑って
月はにっこり笑って
星はきらっと笑って
木はのっそ　のっそと踊り
花は恥ずかしげに　にっこり

子犬は風景の中で
鐘の音のように跳ね回る
恐れを学ぶまで
おべっかを学ぶまで
貪欲を学ぶまで
凶悪を学ぶまで
ワンワン　ワンワン

木馬の悲しみ

木馬に乗ってやって来た詩人は死んだ
ひもじい木馬の上で首を折って死んだ

木馬に乗って去った淑女よ
悲しみの代わりに踊りを残すのか

落葉のような詩人の死に
落葉のような淑女の踊りが美しく

詩人よ　あなたの墓はどこか
お腹が空いた木馬が行く場所　そこには

淑女の愛が眠っていて
詩人の最後の詩一篇　悪の花で咲き誇り
ついに木馬は悲しみの空に向かって頭をもたげる
悲しい目　血の涙で　たった一度　空を眺める
たった一度の木馬の鳴き声は
悪の花よりもっときれいな血の花を吐く

恋の街

淫らな夜よ　蝿一匹の命も消え
明るくなる朝の窓にベタベタと張り付いたはかない欲情
それを拭く手は　まるで雑巾のようだ

遠く売られた愛はまだ帰路についておらず
愛を忘れた長い器には　うっぷんのような酒がなみなみと盛られている
それを飲む青春は　すでに酔って　自ら吐いた汚物の中に横になっていて

時間に関係なく　一生懸命愛を追う遊戯をしていた時針と分針も
ねじれた時間の秩序の中で　欲情のようにお互いの体を巻き始め
新しく生まれた愛たちは　愛する時間がなく右往左往している

一晩中ベッドのように揺れる愛の街に出よう！　愛の街には
たった一人の愛の乞食もなく　博物標本のような愛のタクシー一台が
愛の街を逃げる安っぽい愛をさびついたクラクションで呼ぶ
行くのか　どこへ　行くのか　どこへ

昨夜　愛に生まれた子供が　旗のようにぽんと——
街に出て叫ぶ
——愛を売ります。愛を買いなさい！……

音楽がある限り

1

絶命に向けた勢いに
運命は
息切れがするのに　息切れがするのに
音楽はなんと　なんと
あんなに美しいのか
美しい死の幻想　それのように

ガタガタ
レールのつなぎ目を通る
列車の息遣い
大変だろう?

シュッシュ
尻から口から
力を吐いて

この世に
昨日　今日　明日
あったし　あるし　きっとあるはずの
その美しい音楽
身をよじって血が流れて
骨を叩いて呻き声をあげ
あ　のぼる
汽笛の音は
音楽を引き裂きながら前で鳴く

2

音楽がある限り
詩人よ　凧を揚げて
お母さん　子宮を持とう
音楽のように暖かい

3

割れた鏡には
太陽が
音符のように飛び回る

4

信じよう

海

その大きい花びらを噛もう
もぐもぐ噛もう
恋(いと)しさに狂った
その片思いの
満開になった悲しみ
そして孤独に
ぬれてむせび泣く痛みの上に
欲望の触手が
空のように立ち上がった

白い歯
そして育つ花びら

都市の印象

葉の夢は
二度と
都市の声を
高められない
明らかに広くなった町は
明らかにもっと狭くなった

満ち潮のないここに
一番流行ってる単語は
満ち潮のように力強く
引き潮のように速い

だんだんと高くなる波
ゆらゆらと背伸びする都市
太陽はだんだん光を失って
代わりに都市の光は
なおさら輝く

都市の考えは
都市の上空に回って
いつもついている空中照明
都市は夜も寝ないで
狂ったようにディスコで踊る

雨が降ったら

もうすべてのものが
教徒の聖なる清らかさによって
天の下に立とう
悲しみでなく喜びで
乾いた家を濡らして
乾いた詩を濡らして
きれいな赤ちゃんの空に
七色の虹をかけよう
がらんとした童話の器に
ユラユラと海の花　波の音　溢れるように
あらゆる風景を
ぱっと口を開けた器に

陣列

第一に土地は
バラバラに破れ　砕かれ
胸

第三部　朝　水がない

打つ音　道が乾いたと
無駄な音　力が抜けたと

軽い空色の下で

洗濯できなかった夢が積もり道をふさぐ

——「朝　水がない」

朝　水がない

空き瓶の渇きを
渇いた鳥の夢が満たしてくれるのか

山越しに眠るやまびこを
ほこりの積もった音が起こすことができるのか

打つ音　道が乾いたと
無駄な音　力が抜けたと

軽い空色の下で
洗濯できなかった夢が積もり道をふさぐ

退化した翼が美しい
何か干からびた泉の穴に埋めたいと思っている
朝　水がない

明るい詩

闇は
暫くの間
ここに止まってから
もう一度
どこかへ
行ってしまう

火を
くれ！

春

感激を構想して
花を植える

熱くない土地
熱い手の作業

叫びのように美しい
今日を掘り出して
土に深く埋める
祈りの小さい明日

遠く落葉が笑う

落葉の胸に刺繍された感激
革命のように永遠に火がつく
乾いた完成の時間

今日の土が
行こうと立ち上がる

私と花

私が花を植える時
花も私を植えるか
花を植えて私は　はっきり
花を知っているだろうか
花を植える時　花は
私を知らないのか

まだ芽吹く前
私の胸に素晴らしい
花の香り
夢にも優しい
花の細かい葉

花と口裏を合わせて

花を植えた土地を探せば
花はパッと私の胸に
私を開く
肝臓に当たる香り
葉印を押しながら
自分を深く開ける

私が植えた花には
私が植えられている

寒い花

火のない所に
花よ　ひとり蒼白でいる
なんと　固い根がありがたく
寒くて　一人で美しい
ある日　暑くて泣いても
ある日　熱くて踊っても……
しかし　今　火がなく
花よ　一人で

熱く祈る

渇望

海に漂う空き瓶
飛び散る花タオルの幻影が
その中に射している

空を飛べなかった緑色の渇望
閉じ込められた自由が身もだえする

海中に千年生きた亀
波の上にうかぶ時
空き瓶は粉々に割れて

水面下の世界　生命の方程式

バラバラになった空き瓶の渇望の遺体は
サンゴ礁の枝の間に
最後に息を引きとるが
災いが海底で血を流す

ある日　満ち潮と引き潮の後
砂浜に口を開けた貝殻
キラキラ光る青い玉があった
真珠ではなかった
割れた念願のガラスのかけらが
太陽の微笑を抱いて輝いていた

紫色

夢の中に
狂気じみた夢が倒れる
渋い微笑の庭の外
泣きたい男の昼と夜
空には星がない

雨は花を大事にし
花は雨が上がることを願って
最後の雨粒――
鏡の上に割れた呼び声
地面には水がない

静かであるほど
鼓膜がだんだん高くなる音に包まれ
遠い場所の老人が言う
——空の器です

流れ者日記　1

あなたは　行けという歳月に
あなたは　行かなければならないという歳月のように
あなたは　来いという歳月に
あなたは　来なければならないという歳月のように

道に　道に　固まって　足が痛い
道に　道に　朽ちて　足が枯れる
真面目に太陽の光を食べて育つ道に
足よ　最後のキスをしよう

行くあなた　来るあなた
会う日に

流れ者日記　2

やせ細る肉体を愛すように
仕事や勉強をとても愛し
太陽の光に濡れて枯れる葉のように
ずいぶん長い時間濡れた皮を乾かそう
体は歩いて行く旅行者
思想に明かりをつけて
砂漠のような今日に捧げる真心
行く私は行って　来る私は来て
会う今日にまた剝がす
永遠のパスポート

足には何の憚りもない
足には道しかない

流れ者日記　3

幾多の夢が陳列された時間の門の中に
幾多の私が風景として陳列され
私を叩いて　聞く鐘の音
鐘の音は行く　世紀の太陽のように
聞く人がいなくても　孤独は香るし
聞く者がいなくても　自我を営み

永遠の扉を開け閉めして
永遠に萎れて青くなっていく
道に同化する道の上の男
声が聞こえる　時の広い庭に
土を吹くように歌い上げて

私を縛ろう　私を解こう
器と墓

流れ者日記　4

私を縛らせた思想よ
もう私を解放しよう

もう足跡は地面に写りこまれて
真実と愛の詩を書くよ

土の母がくれた物乞いの器
私を物乞いするように　あなたの愛を祈り
たくさん盛るか　土の笑いを
たくさん盛るか　土の心を

歩いて　いつまでも土地なのだ

歩いて　いつまでもお母さんなのだ
私を離れてお母さんの所に行く
生命の源への作業……
愛の深地に　真実の寺　高く
母の祈りの声　歩いてくる
歩みに詩の星がきらめく
土で作った太陽は
太陽の光のように恍惚として……

流れ者日記　5

（最後？）
ある一時間を
規定して
足は時間のように
行くぞ　詩を書きながら

おいで　という呼び方が
ある
行け　という催促が
ある

歴史のように真実の

足
時間に浸る
時間の中で乾く

濡れて　濡れない
乾いて　乾かない
実にしつこい過程で
作業に没頭する

宿命の足は
宿命を破る
器から溢れる
足音

ある門をノックする
痛い詩が

ガランとした器を抱えて
道のように病む

愛の庭を離れる
永遠の足
足は花びらのような
足跡に
痛い

痛ましい祈り

1

母は太古の遠い隅から這ってくる
母は太古の遠い角へ歩いて行く

夢を失って　夢を見たら
夢は中身のない鏡の中の華麗な踊り

それでも踊りを信じよう　母のスカート
それでも踊りを投げよう　母の悲しみの祈り

太陽のあの志の中に

どうして今日だけ　うずくまっているのか
空の器を持って高く叫ぶ母――
どこから来ましたか？　どこに行くのですか？

2

ご飯ができたら　母は私を呼ぶ　鐘の音みたいに
――ねぇ　早く来て　ご飯を食べて力をつけてね
その音は　時を越えて　また越えて
遥か昔にたどり着く
遠い昔にも母は
ご飯ができたら　私を呼んだ　鐘の音みたいに

——ねぇ　早く来てご飯を食べて力をつけてね

私は　そのまま行く

目覚まし時計

ついに
色褪せた鳥の羽を与え
それをどこにかけておくのか

崖は遥かで
幻想を綯えない
木一本放置しておいて
哀れな落葉一枚を
浮かせる

果てしなく死なない太陽
灯火の待合室に

時間を延ばして
苛立たしい　あくびを伝染させ
ぜんまいをねじってはほぐす
くさびを触ってみる
揺れる空間の中
何の匂いもない鞭を持って
汽笛を打つ

グラグラ
時間は
冷淡な鏡の前に
しみを洗う

日常外(にちじょうがい)の眠り

朝が嫌いで　また眠りについた朝

目を閉じることができない

では　目を開けて寝ればいい
眠りから覚めていながら
グーグーいびきをかく
鼻を開いて息苦しい
時の廊下　過ぎるより
目を開けて夢を見ること
夢の中　太陽に白い服を着せる
自殺を裏切って崖の上に逆立ちすること

熱い湿布についた汚れ
目をこするようにゴシゴシドアを拭いて
秒針は眉のように目頭に
カチカチ
足踏みし回転し　前に歩き
瞳孔も
クルクル回る
前へ行く

病める花

苦しい道のように
ある所に私を病む花
胸のかんぬきを開けて
道は私のように
開くことができるけど
開けない
一桁の永遠の
姿勢よ

きしむドアの音が
揺れる風のように
かなり寂しい

道に　道に熱い
花の出迎え
花の送り
ある一つの私が
花の中に
胸のように病む

勉強

お母さんが泣いた所を川辺にしよう
川辺は父の倒れた所だ
必ず鳥の羽をつかんで歳月に鳴くと固執しては
ついには風の泣き声に我を忘れて
その何かの本を読むように
私は川辺に座っている

色褪せた砂はただきらめく
日本海の遠い話を背負(しょ)ってきた亀が
耳障りのいい話だと言って　耳を澄ましてほしいと言うのに
頑固な私は
ただ　ある時の泣き声を解釈しようと

母親の乳のにおいをしきりに刻む
砂の城　砂の城　崩れる砂の城

しかし　ああ
純粋な目の中には　ただ
悲しみと誇り　そして、
明日の私の涙が川の水のように広がっている

ぼんやりした独白

いつかは　この場所に木が立っているかもしれない
いつかは　この場所にきれいな少女が立っているかも知れない
今は太陽の光が降り注ぐこのような場所で
道に迷った私は　とてもぼんやりとしています

コーカサス山のことを考えます
火泥棒のことを考えます
プロメテウスの再生能力がとても強い肝臓を考えて
肝臓を裂いて食べ太ったゼウスの鷲を思い出します
そして弓で鷲を射落として崖に登り
火泥棒を救ったヘラクレスのことを考えます
彼らは迷わなかったのだろうか　輝かしい神話
ここは崖ではない平地　とても平和な場所です

風も暖かくて
鳥の鳴き声も盛んになり
道行く人ごとの歩みには確信が溢れるが
私は道に迷って全くぼんやりして
火がなかった時　愚昧の群れが住んでいた
暗闇の洞窟のことを考えます
その洞窟の中で輝いたような目つきを考えて
それらの目つきが見つめてきた時間の洞窟を考えます

肝臓が痛くなるみたいです
火を盗んだ先覚者の苦痛ではありません
私の手に持っている冷たい火を見ながら
火が恋しいと思って
本当に冷たい肝臓が
すごく痛いのです

理解のない荒野

根無しの孤独が
一輪の叫びで咲いている

誰も触れられない叫びだったのに
香りに疲れて味を知らない舌の裏

通りすがりのお客さんの話が涙ぐましいし
きらめく星たちのささやきが涙ぐましいし

一つ　感激に満ちて疲れた隅っこ
塀に美しい根のない孤独

叫びは背が低くて　のどが裂ける
体がなくて永遠に美しい

孤独の香り

病気の母

詩は　乳を高く上げて
叫ぶのは　お母さん
——ねぇ　帰っておいで

ガラガラのこだま

叫びに対して寒い雨だけが降る
季節を問わず
愛を濡らして……

ご飯

ご飯が来る
古の遥かなる香りを抱いて
母の永遠の愛を抱いて
歴史のように　テキパキ
明日のように　テキパキ
かなりの力になって
今日を来る

ご飯を食べよう
太古を割った鍬入れした日のような
歯で
ご飯を食べよう

永遠の愛と希望と
今日を噛むように

ご飯になろう
ご飯そのままの白い力になって
深い洞窟の中の熊女の太陽の光のような闇になろう
歳月の涙に濡れてなびいた母の踊りになろう
乳離れ初日の新鮮な世の味になろう
噛み砕いて　町を育てたご飯になろう

朝ご飯と昼ご飯と
そして　夕ご飯……
時間にかかわらず
本当にお腹いっぱい
高く叫ぼう
地球のような声で

――お母さん　ご飯ちょうだい！

母は
今日も自分を燃やして
ご飯を炊いている
ご飯に
自分を混ぜている

再生

私を食べる花はむしろ
燃え尽きてしまうだろう
少女のみずみずしい踊りが
息をする青葉に染み込むように
私はむしろ花の中に染み込んで
火種として芽生えて

母の愛のように大きく　広い
この踊りの庭
花よ　思いきり大声で叱ってみよう
闇をかきわけて出た亡霊のように
新しい日の陰の外

明るくなってくる
深くなってくる
母の子宮のように　深く……明るく

痛い足

罪のない足は
私をおんぶしたその日から
痛み出した
しっかり夢を踏んで
しっかり光を踏んで
しっかり闇を踏んで
まるで墓場のような道の上に
私を探して私を背負(せお)って歩いてきた足
大きくなる罪のようにどんどん伸びて
もう　旗のように私を立たせるけど
しかし　ああ　足は痛い
今日が永遠に萎れない限り

足は今日に関する思想を探し
永遠に痛い
花咲く笑顔のように

詩を書いて

あなたが来るということは
むしろより深い闇だ
むしろ一杯の水で
私の胸を洗い流して
恋しさをうずめた丘
その丘の上に脱皮した蛇は
もう涙がない
裸の風
その風の生理の中に
私は言語を失うように
葉っぱを飛ばす選手だったし
私は私を知っている

石のような私が
水のような詩を書いた朝
むしろ私が行って
闇を歌う歌手でありたい

第四部　過ぎ去った今日

思想を飲み込む虫の
　流れの下に
　　私は
無感覚な墓一つを
　掘った　今

——「過ぎ去った今日」

過ぎ去った今日

思想を飲み込む虫の
流れの下に
私は
無感覚な墓一つを
掘った　今

太陽が
一つの死体で
固まったことを
見守って泣いた
荒唐無稽にきれいな
意識の定着だ

私たちの噛むこと

明かりをつけた者　明かりの前に暗く
水を飲む者　ガリガリに痩せる

服を重ね着て鏡の前に自我の痕跡が
厚い皮に喜んで鏡を砕く

あの奔放な太陽
時間のほかに何を燃やしているのか

時間を消化できない
痛い

我々
我々の歯と乱暴

賛歌

血で血を叩き
夜明けの皿が美しく

ドアを開ける前　熱い私たちの舌の底を
お互いの夢をなめ　冷ませそう

一つずつ火種を息づかせて
歌う遠い子守唄　懐かしい声

太陽の心臓の中にうずくまって
歌は　永遠の命を祈る

結果

葉が赤くなりそうだって
花は自分ひとりで赤くなる

葉は結局青くなって
花は疲れて　先に萎れてしまう

たった一人の女性が
赤い心で青く枯れる

一定の過渡期

花が咲くことが
めずらしくも
闇を噛みしめるのに盛り上がる
行こうという
高い塀の下の音

髪に飾る宝石なしで
笑いは
夢遊病患者のような盛り上がる舞
空に通じるはしごは
ない　雨が降った後
虹の夢　ちぎれた音が高い

夜明けの夢

塀のような扉を開けて
霧のような流れに丸く口付けして
もらおう　天から這って降りる
ある種のような落葉を

地と交わすキスの音
確かに高い呼び声で東の門を叩く

一晩寝ましたか
ハクション　高いくしゃみの音
ある念願を起こそう

自我

静かに私の名前を呼んでみる
星のようなきらめきを噛む

私も密かに私の名前を書いてみる
飽きないかわいらしさが可憐に微笑む

むくむくと恋の顔が膨れ上がる
決して蜃気楼でないものの上に私が立ち上がる

グズグズ現実が這ってくる
赤いミミズが星より愛らしい

憂鬱な笑み

日の昇らない朝
露は重い

しっとり濡れた木の葉を口に入れて
昨夜の夢の中の星を吐き出す

行きましょう　行きましょう
それでも小山の丘に向かって

葉までも吐き出して
丘の向こうに矢のように飛ばして……

青い汁の染みた舌を長く伸ばして
陰気な顔を洗う

固まった石

ああ　石が固まった
熱くもないのに

ついでに私の心臓の中にうずくまって座って
私の心臓をたたいて火をつけた

とてもいい香りだった
ヤマナシではなかった
香りさえ吐き出し
血の色が濃くなっていく時

抱えた石

心臓とキスをして
固まった石
廻る野鳥のようには飛べず

ああ　もともと
石だった

脱皮

壁の近くに窓を立てる
窓を立てる
心の近くに塀を築く
心の近くに

太陽の光が
壁の近くに　窓をあける
太陽の光が
心の近くの　塀の前に泣く
ひゅうひゅう――風を起こす

壁が暖かい夢ばかり見ている
夢の中に霧のように来た空を飛ぶ

病人

いつからむしばんだ
時間なのか知りません
時間に深く
今日を聞いて
構想する明日の
暖かい太陽

病んでいない空気を
一握り摑んで
うめき声にも歌を
入り込みたい意欲
——痛みは去るはず

来た時と同じく　分からないように
みずみずしい時間の中で

道

一匹の虫
暗い闇に大きな穴を開ける
未だ日の当たらない所
寂しい　聞こえない応援の声は
静まり返っていた心臓をトントンとノックする
空を見上げる男一人
笑いの元を暴く
川の水のようなものが流れる　重く

川の水のようなものに捧げられた笑いは
苦痛を味わいながら
あでやかに愛嬌をふりまく
笛を吹く
彼は
闇から聞こえてきた音楽を受け
暴いた笑いの種　川の水のようなものの上を走る

生活

見慣れた路地　見慣れない家の戸をノックする
見慣れない顔　見慣れた視線　私を重ねる

――どこへ行かれるのですか?

入って来いというのではなく　行けというのでもなく　優しい……
遥か一端が　路地の果てに　遥かだ

見慣れた路地　見慣れない顔を思う
遥かな路地裏に　また一端を重ねてキスする

座り方

さびついた鍵を苔むした岩に擦りつける
鍵の前の歌を　もう殺さないと
感情が領導するかのように
家が憎い　そして、窒息した思想が憎い
太陽は永遠の歌の中に
永遠に美しく　狂った道が
あまりも静かで　万事を問わない
雨が降らない日に傘を探し
そして、晴れた日に雨に打たれ
私たちの思想はあまりにも　時代に痛い
ドアの音を想像して　ドアを壊して
またドアの中に

大胆な幻想で花を殺し
無言の手に　悪と乱暴を釘付ける
休める家はとても遠い

冷たい思想

胸が痛むと
どの病院の扉もたたかない
あちこち冷たい好奇心を燃やして
世紀末　椅子をうらやむ

ドアをバタンと閉めたら
やがて陽射しが縮んで
皿の上で
感激のない時間が
私の舌を噛んでいる

胸が痛むと

だれにも言わない
遠い汽笛の音に漠然と
レールに　ペチャンコになった心臓を
広げて干す

涙のない道

雨に濡れた道を歩いても、私はなぜか濡れません。必ず、濡れたい気持ちではありませんが、私が痩せている男だと思う時に、誰の涙にも、びしょ濡れの身のようで

背を向けます。足跡を埋めます。ろうそくのような瞳を大事にして、遠い曇り空を木や石のように見つめながら、胸に火をつけます。壊れる太陽が破片のように私の体に刺さる時、痛い私は

無秩序な延長線を描きます。思想が泣かない

道　星の場合

実は　星は
何かのために歩くのでは
ありません

命にとって
痛みで身を引き裂かれるように
花が咲きます

そうですね　時間は
とても冷たく怖い
陰になって

ああ　星の陰の中に
火のない　遠き　望み
そして　望み

ついでに歩く星は
一か所に無表情に
ああ　星には空がないのです

風変わりなほうき

空を掃除するほうきの先に何かが　かかれば
それは数え切れないほどの　つぶれた日差しだろう
ふわりと浮かんでいた雲だろう
楽しく空を飛んでいた鳥たちだろう
ただ　ひっかかる石がなく
もしかすると　痩せた地面が雲の下でびしょ濡れになるかもしれないし
もしかすると　数多くあった墓が天国に向かってヒラヒラと飛ぶかもしれないし

空を掃除するほうきの先に何かがひっかかれば
それは
名前が石ではない
飛び回る星たちだろう

刃物を研ぐ訓練

私の胸の奥のひそかなところに芽生えるもの
それが何かも分らず
私は刃物を研ぐ
今の時代　裏路地
奥まっているところ

一筋の太陽のようなものが
立ち上がる　刃の上に
星のようなきらめきが
笑う　刃の上に
それらは　夢のようにカンカンカンカン
金属性の楽しさを発し

その笑いを指先に
真面目に触ってみると
そう　あっさり——

私の手には
私の胸の秘密の所から走ってきた
血が　にやりと
陰謀のように笑う
花と咲く

挨拶

切符はありますか
私たちは顔にお互いに
目印をつけて
独身者の日の踊りのように
お互いの仮面の口に
キスをしよう
閉ざされた扉と　そして
バラバラ道という道に
各々自分をねじって

切符はおありですか
心臓が真っ赤に
あるいは笑顔が青く

しきりに自分を愛している
虐待の青い時間
身が熱して思想が熱して
心臓が熱したら
おお　墓はそのまま
美しい心臓

切符はおありですか
雨にしみついて
吹雪に凍って
そして愛（サラン）という文字で
まだらになった
真新しい
古い切符！

行こう！

空いた舞台

のどがかれた歌手の
がらんとした声が
遥か明日のように残っている
ゼロ分間　俳優の涙と笑いに
枯れたように色褪せた古い幕
私を開けるように　開けて覗いてみると
明日のがらんとした踊りが
孤独な埃りの旅のように
影に残っている

零時の詩

時代の疲れた片隅に
半月が立てない
衝撃の鳥は
いつから翼が痛む
澄んだ瞳孔よ
うっかり　太陽が試みる
時間の隅っこ
広い寝床が
流水のように柔らかい

おとぎ話は裸で
荒涼とした草原の緑色を
弁護する

飢えた朝

いったい朝ご飯を
失われた時間のように
飢えて　またお腹いっぱいに
楽しい詩の作業をする

肉を打てば
ひどく痛いけど
骨はひるまず
光の不透明な明日

変形した草のように
ご飯を食べて露を飲んで

青く生き生きとした
詩のあがき

最後の太陽一つを見つけて
永遠に太陽に忠誠
すべての視野　太陽のように燃え上がる
がらんと空いた　ああ　お腹が空いた時間を
お腹いっぱいにしよう

土ですよね？

厳寒の日
土を食べて　土を
器のように胸に秘めて
火を植えるか
火は星のような実を生むだろうか
とても煌めき
土の深い愛

商標の美しい時間の額に
土であるあなたと私　そして
また土であるあなたとすべての私は
石で固まるか

水で流れるか
火で燃えるか

そっと
時間の丘の端
青々と
ひどく暑い日

黄疸

病む青春の朝にも日は昇るのか
一晩中　熱に苦しめられ
朝　ついにその熱を
日の出の丘に向かって首を折って吐いてしまい
青春はまだ薬は嫌いだ
一体　病気の時代を患うように青春は　しばらく
熱っぽさを感じる　しかし
ああ　太陽もなぜ今朝は　うす黄色なのか
太陽さえも　一瞬の熱を患う黄疸の時代なのか

私の瞳一つ
空の真ん中に黄色くかかった

足

我々はひたすら行く
どこへ向かうのか　知らずに
足が痛くなるほど　ひたすら
行く　行く
砂ではなく　何かで童話を積み上げながら
水上に　地上に風の上に行く
白い夜がニコニコと笑う
その笑いを翻訳できない私たちは
いたずらに　夜に期待したい疲れた考えをしながら
昼の中だけで寝るウサギを呼ぶ
しかし　それはつまらないこと　私たちは
童話の中に沈殿できない

足だ
痛くても痛くても　ひたすら歩かなければならない
塩水のような　涙のような　そして水飴のような
ひたすらよごれた足だ
足である　歩く　互いに同化できない
わがままな足だ　きれいで　大きくなる

冬眠の舞

いいかげんに　熊が踊れば
冬眠が暖まる
太鼓があって　太鼓がなくて
笛があって　赤い唇がなくて
雲がきれいで　雪が降らず
疲れ果てた季節の葉は乾いたまま
踊る熊を見る
独り　舞い
山を踏んで天を突いて
空気を引っかく
熊のいいかげんな出来栄えの踊り
長くあくびして背伸びする

冬眠が暖まる
鼻の穴が一番　新鮮な話を
プンプンと　星のように噴き出す
独り舞い　いいかげんに
一輪の花もない花より美しい踊りに
熊の寝床があらかじめ
春に酔ってくすぐる

解説

雨を行く求道者の行脚

——趙光明の詩集『座禅、ある三十代の朝』に付して

文学評論家、詩人
金龍雲（キムリョンウン）

1

趙光明詩人は、三十代に入り、初めての詩集『座禅、ある三十代の朝』を出した。朝鮮族文壇としては最も若くして出した詩集ではないかと思われる。

筆者は、趙光明を称して、何度も私たちの詩壇の第一モダニストだと言ったことがあり、彼の詩に対する評も少なからず書いた。モダニズムの詩をあまり知らないのに、それを好む私の文学趣味が、恐らく私を趙光明の側に押しやったのかもしれない。趙光明は、十八歳から文学に入門した天才的な文人として、詩を書くだけではなく、小説もよく書き、随筆もよく書く。年齢は、筆者よりも二十歳下だが、文歴で見れば、彼と筆者は八〇年代初めに、ほぼ同時に文学に足を踏み入れたので「同い年」だと言える。

率直に言って、今回の詩集については、どこか少し漠然とした感じがした。今までの彼の詩に対する筆者の評は、大多数が一、二篇に対する短評に過ぎなかったが、『座禅、ある三十代の朝』を読んでからは、彼の詩集に一貫した哲学思想が読み取れて、それ自体に呆気にとられた。詩集というよりは、詩の形式を借りて書いた生と死に関する一冊の難解な哲学書のようで、その解説が難しかった。もちろん、現代詩のアプローチは様々で、その解釈も多様であり、詩の解釈に唯一の鍵はないというが、とにかく理解を前提としなければならない。趙光明の詩を見て、哲学思想それ自体に呆気にとられたという

のは、今までに私たちの詩壇で詩集は数多く出版されているが、今回の詩集のように、一貫して人生に対する愛情を生と死に対する宗教的な深さにまで研究し（お分かりのとおり、情緒的詩というものに体質化されている私たちの詩に対する認識から、詩人の生と死に対する宗教的な思索は、情緒より哲学にさらに近いため）、思想的に拘った詩集も殆どなかったためである。

趙光明の詩は、詩を読んだだけでは解読が不可能な詩であった。構造主義、符号学、実存主義、解体主義、宗教哲学などの現代美学の哲学的な常識なしには解読が不可能な詩であった。

趙光明の詩の哲学的な核心は、仏教の哲学、空に よって満たすところにある。すなわち、空がつまり満たすものであるとされる。詩人は、詩集『座禅、ある三十代の朝』の冒頭で、自身の創作主張を明確にしている。

　器を空にする気分だ。この醜い詩集で、私の十年余りの人生もそのまま空にして、空にすることによって再び満たさなければならない私の明日は、どんな姿なのか、まだ敢えて描くことはできない。しかし、私の残りの人生も永遠に詩とともにあることは宿命的であり、間もなく生まれる私の詩に、あらかじめ美しい期待のこもった愛を約束するしかない。

（はじめに「器を空に」）

空にして満たす過程は、すなわち古いものを捨てて新しいもので満たす過程であり、その過程は無限の苦痛を伴う。詩「ある三十代の自画像」で、詩人は次のように告白する

　いつの日からか囚人のように頭を下げて吐き始め、一生懸命、吐いて今に至る。三十代の裏道に吐いた汚物、それは生に対する私の三十代の解釈かも知れません。／（中略）／死んで、生きる私の名前、三文字を吐くよ、生きて死ぬ私の名前、三文字を吐くよ、私の名前もこんなに

汚い汚物だったとは……

（「ある三十代の自画像」部分）

以下で、空にすることと満たすことの哲理を土台として、趙光明の詩を具体的に調べることにする。

生を歩く私の足は
しきりに冥土への道を尋ねる

足元の道のヒソヒソ話――

この道があの道だよ
あの道がこの道だよ

そうか！　でも！
この道から　この道へは飛び越えられないよ
あの道から　あの道へは飛び越えられないよ

（「界の悲しみ」全文）

これは生と死の、その近くて遠い距離を一進一退して、より純潔で正しい生活の境地に達するという矛盾した者の痛くて悲しいうめき声でもあり、失意の末に結ばれる悲壮な呟きとも見ることができる。すべての汚辱を捨てて、仏陀正覚に達することは決して容易なことでない。詩に出てくる《くすくす》という笑い声は、詩的主人公を含む六根清浄できず、六塵の中でもがく衆生に対する叱責のあざけり声かもしれないし、あるいは仏陀正覚に至ろうと菩提門の外で呼ぶ菩提声（念仏を声明する声）とも見ることができる。

確かに昔の口調で趙光明の詩と向き合うのは難しかった。そこで、今まで評論で一貫して使ってきた私だけの評論道具を放棄し、完全に新しい評論道具を探すしかなかった（しかし、果たしてそうすることができるか。それが私自身でも疑わしいが）。

読者らに薦めたい。現代美学と哲学思想の道具なしには、特には仏教に対する理解なしには、趙光明の詩集の解読をあきらめるしかない、と。そして、彼の詩集を片隅に捨てても良いと。それだけ、彼の詩集は、詩の集合体というよりも、彼の哲学思想の集合体であるというのが妥当である。

2

趙光明の詩で仏教的色彩が最も濃い詩の一つが「尋牛図読み」である。「尋牛図読み」は、趙光明の詩を解読する鍵となる。尋牛図は、常に仏教画のテーマであり、筆者が知っている尋牛図は、今までの禅画の中の代表的な図ではないかと思われる。そのような図に対する読み取りは、仏教に対する深い理解なしには、その解読が不可能である。そのような図を詩の題材として取り上げた詩人は私たちの詩壇にはいなかったし、その解読を敢えて試みた詩人もいなかっただろう（もちろん可能性ということを前提にした話である）。ところが、若い世代の趙光明が、敢えて尋牛図を詩で読み上げたのだ。

乾いた川底に私が横たわって
私は乾いた川底に乗せられて　どこへ行くのか

友よ　あなたはあなたを解き放ったのか
道連れに　一緒に悟りに近づこう

牛を探す牧童は　草むらで草笛を吹き
横たわって　私のように空の雲に　魂を奪われ
　たりもした

しかし　牛の足跡があるじゃないか
それは運命の道の上で　明らかだった

発心は　もちろん歓喜だった
しかし　歓喜はまだ道ではなかった

牧童は牛の足跡を追って歩いた

その過程は省略しよう

横たわった私の破れた服と
そして　枯れた唇を見てみよう

山があって　水があって　鳥がいて
そして　牛がいるところにたどり着いた時
牧童は自分が牛であることを知った　牛の中で
自分がどれだけ一生懸命悟りを求めて修行した
のか分かった
慧悟(けいご)の鐘は　その時鳴り　その時　私は
川の水の上に横たわった　元の私の家じゃない
か
（「尋牛図読み」全文）

少し長いが詩の全文を載せた。上述のように、趙光明の詩の解読、すなわち趙光明の詩の世界の門を開く鍵は、「尋牛図読み」を抜きにしては考えられないためである。「尋牛図読み」のテーマは、まさに求道である。求道の過程は、すなわち肉体を苦しめる苦行の過程である。詩人の場合、それは詩の杖で人生の苦しい藪を掻き分けながら、不断に自身を空にして満たしていく過程である。

求道は、その求道の結果にあるのではなく、その過程自体に真正性がある。その求道過程がまさに真実と美しさそのものである。そして、その過程が真実と美しさであるとき、その求道過程がまさに得道であることもあり得る。空と無の中で、霊的にもう一つの真実と美しさを得ることができるからである。求道者の社会的経歴や身分などは何の関係もない。その技能に対する挑戦、あるいは追求が、まさに求道の道に上がることができる者の最も基本的な姿勢である。

求道の道は、それ自体がまさに苦難と解脱の道であり、その道の上を歩く人は、まさに尋牛図での失われた牛を求める求道者である。道を訪ねるということは、自身を捨てるということで、その捨てることにより自身を探すということである。探すためには、日常の自身を放り投げて行かなければならないが、しかし、その道に向かった自身の方向については忘れてはならない。それが自身を守るための道であり、道に向かう方法である。得度を得なくてもよい。その得度の過程で自身を探すということが、まさに真我を探し出す道である。また、その真我がまさに自尊心を立てる道であり、仏となる道でもある。そして詩「地平」では、

火かき棒に私の愚かな姿を刻んでも
仰げば　それは仏様です
仰ぐ私は　菩薩です

と詠んだりもする。私が誰かを知っているということ、私が行く道が真理の道であることを悟ったとき、私たちのすべての人間は慧悟の鐘の音を聞いて、仏になることもできる。牛を探すことは、まさに自身を空にする道で、再び自身に忠実になる道である。自ら自身を捨てることと、再び自身を探す作業、それがまさに尋牛の道で、得度の道である。

3

これまでに引用した詩人の言葉のように、死んでいる私の名前の三文字を吐いて生きている、私の名前の三文字を吐き出す痛みに耐えながら、「ある三十代の朝」の主人と共に、詩集を読む「苦行の道」に上がるほかはない。

次に、「ある三十代の朝」の疲れた主人と共に「花の流した血が／美しくも／西の空の我が家へ／道のように伸びたね」（「花の怨霊」）の西の空、仏陀正道に上がってみる。

筆者が今までに使い慣れた評論道具を捨てて、完全に新しい評論道具で、完全に新しい視点で、趙光明の詩に対峙しなければならないのは、明らかに言

葉どおりの苦行の道である。確かに、評論で得度しなければならないのが私の運命であれば、この苦行の道に上がっても大丈夫であるが、しかし何故、新しい千年の門の敷居を越えるやいなや、彼の詩のために苦行の道に上がらなければならないのか、少し悔しいことではある。しかし、上がらなければならないのが私の運命であれば、少し悔しくて、大変でも、

火かき棒を杖として
木鐸を叩くように世の中を叩きながら（「地平」）

苦行の道に上がれば、たとえ「大乗」にはならなくとも、ひょっとすると「小乗」くらいにはなるかもしれない。

趙光明の詩には、「花」と「血」がセットになってしばしば登場する。霊的な真の人生（花）と六塵的な人生が死（血）として対立するこのような隠喩的な詩語は、互いに空を満たし、生と死に深い哲学的なイメージを与え、放生、漸修、得度と求道、さらには頓悟の苦しみを暗に語っている。

A：私の胸の秘密の所から走ってきた
血が　にやりと
陰謀のように笑う
花と咲く（「刃物を研ぐ訓練」）

B：花の流した血が
美しくも
西の空の我が家へ
道のように伸びたね（「花の怨霊」）

C：お前の胸を叩け
ただひとかたまりの真実　黒い血を吐くまで
あ　そしてその黒い血で
あなたは自分が持っている花びらに哀悼の詩を書きなさい（「一人で上がれ」）

Ｄ：しきりに花びらの上に　きらびやかな血を吐いて

（「冬へ行くつわり」）

六塵（心性を汚す欲情の総称）を捨てて（すなわち空にして）、その代わり六根清浄で満たし、仏陀浄土（極楽世界）に達しようとするなら、血を流さなければならず、死ななければならない。それだけ修練と得度の過程が大変苦しいということである。詩でいう花は、すなわち霊的な菩提であり、仏国浄土である。先に例を挙げた詩は、花と血の対決と和合を通して、生と死の悲壮な激闘の中で起きる輝かしい痛みを荘厳に詠んでいる。

詩Ａは、修練過程で得た歓喜の別の表現であり、詩Ｂは、すさまじい自我格闘の末に、ついに慧悟の境地にまで至ったときの最上の楽しみである。「西の空の我が家」で言えば、菩提の境地として、ここで詩的主人公は既に仏となっている。

詩Ｃは、自分を殺してしまい、その死骸の上にもう一つの「私」――花を咲かせて、挽歌を書くことによって自我の完成に至る。「黒い血」は、汚辱を乗り越えた過去に対する勇敢な承認であり、徹底した追放と言える。

詩Ｄは、得度の瞬間に至ったときの、その壮麗な喜びであると見ることができる。

詩人趙光明は、満たすために、常に空を楽しむ。そのため、彼の詩には、なくすという言葉、空けるという言葉がよく出てくるが、ある時は逆説的で、ある時は隠喩や暗喩的である。

死んで、生きる私の名前、三文字を吐くよ、生きて死ぬ私の名前、三文字を吐くよ、

（「ある三十代の自画像」）

器を空ける時期になったね
いつも盛ったね　一生懸命に

しかし残ったものは何もない
それでも空にしなさい
心に映して
（中略）
そして　空になった器に
空になった私が入るよ

もう分かったでしょ　空にする理由を
魚のエラは閉じたまま開かない

（「空にする」）

4

趙光明の詩集に否定的なイメージが多いこともまた見逃せない。人生を扱った詩よりも死を扱った詩が相対的に多いという印象を与える詩集である。そのため、一見すると虚無と失意があふれる詩集と考えることもできるが、しかし、死に対するその哲学的な「研究」の詩は、人生に対する詩人の誰よりも強い愛情を詩の土台に敷いていることを読まなければならないが、詩人が尋牛図を読んだように、筆者が評論家として読まなければならなかった課題であった。否定に近い強いイメージで、人生に対する強い肯定の思想を表現したのが、この詩集の本当の醍醐味であろう。数節を要約してみることにする。

A：私の純粋な血で美しく染める
純白な雪は　まだ降っていないし
私たちが血を流す時間は　まだ来ていない

（「私たちの血を流す時間はまだ……」）

B：そして　男の子の冬の川船遊びには
船頭の歌がない

（「冬の舟遊び」）

C：泣きたい男の昼と夜
空には星がない

（「紫色」）

D：休める家はとても遠い（「座り方」）

躍動的なイメージと逆説的なイメージで作られたこれらの詩句は、とても新鮮な感覚を与え、肯定的なイメージよりも人生に対する異議と追求をさらに痛感することとなる。

言語の暴力的組合せもまた趙光明の詩の妙味の一つである。筆者は、何度も趙光明は言語の暴力的組合せでは、誰も追従できないやり手だと言ったことがある。趙光明の詩語は、いわゆるその「暴力的組合せ」故に難解で曖昧な点もなくはないが、とてもアイロニー的でユーモア的なので、言うなれば、面白くて深刻だ。

彼は、道がくすくす笑って話すと言い、本当に人々はくすくす笑い、花が自殺すると言って心を冷たくさせ、ぎゅっと愛をつかみに行こうといたずらをしながら、太った笑いを釣り糸に垂らしておいて、くすくす笑って冬の川に船を浮かべ、「間抜け」のように船遊びをしながらお腹をいっぱいにしようと「馬鹿げたこと」もする。

こうした実例を挙げようとすると、あまりにも夥しい。

趙光明は、求道者として苦難の森を乗り越えてゆくが、まさにこのように自身が持っている詩語を勝手に揉みながら遊ぶ才能があり、決して退屈ではないだろう。

ああそうだ、まかり間違えば、趙光明の詩の解釈で大きなミスを犯すところだったが、幸いにもここまできてよかったと思う。それは、彼の詩に少なからず出てくる道のイメージだ。彼の詩の道は、概して二種類の意味に解釈することができる。

「界の悲しみ」で「この道があの道だよ／あの道がこの道だよ」の場合、一つは黄泉の道と解説され、もう一つはこの世と解釈され、「流れ者日記　1」で言及される「道に　道に　固まって足が痛い／道に　道に　朽ちて　足が枯れる」をはじめとして、その他の道は修練、実行、苦行しながら歩く求道者の道といえる。

先に筆者は、趙光明の詩は、人生に対する強い肯定の思想を表現したと述べた。すなわち、現実の人生を愛して執着するということである。そのようにして見れば、精神的には分からないが、肉体的には、仏になるのに忙しいようだ。だから、冗談みたいな話にならざるを得ないのである。彼の詩に現れた仏教的なイメージから、彼が仏教人なのかと錯覚するとすれば、それは、趙光明をあまりにも知らないことであり、事実、情けない肉食家としての趙光明は、この世、俗世に対する最も強い愛情を持っていて、瑞山に上がって木魚を叩くには適当ではない人物である。酒と肉と女が恋しくて、彼は、この俗世を離れることはできないだろう。それだけ、彼はこの世とこの世の人間たちと生命と自然に対する愛情が深い。貧しい学生のくせに、自分より貧しい人を無視できないその性格自体は、この俗世での彼の成仏も可能であることを物語っている。趙光明は詩で、そして仏心で、この苦しい世の中に真と美、そして人間としての善の行脚をしている。今や、俗世の求道者としての彼の詩と、それに対する評価は、一段落するときが来たようだ。

5

以上の文章1、2、3、4は、一九九九年十一月、趙光明の最初の詩集『座禅、ある三十代の朝』の書評として書いたものである。この文で筆者は、趙光明の創作傾向について下記のように述べている。

言語の暴力的組合せもまた趙光明の詩の妙味の一つである。筆者は、何度も趙光明は言語の暴力的組合せでは、誰も追従できないやり手だと言ったことがある。趙光明の詩語は、いわゆるその「暴力的組合せ」故に難解で曖昧な点もなくはないが、とてもアイロニー的でユーモア的なので、言うなれば、面白くて深刻だ。

暴力的組合せと難解性として、概略的な傾向は述べたが、具体的なことは述べることができなかった。そのような点を補うため、下記の文を収録する。この短評は、二〇〇二年、雑誌「長白山」五号に掲載されたもので、この文では創作傾向について、比較的詳細に説明している。題名は「抵抗の文学―虚無と逸脱と克服」である。原文をそのまま引用する。

抵抗の文学―虚無と逸脱と克服

趙光明の創作傾向は、主に抵抗的な要素が多い。抵抗美学は、その根本を解体に置いている。デリダは、一九六六年十月、アメリカのホプキンス大学の招請を受けて構造主義シンポジウムに参加し、構造主義を講義することになったが、意外にも構造主義を解体させる発言をして世間を驚かせた。彼は、その場で言葉でも概念でもないという新造語である「差延」を作り出した。差延は、真理の顕現に反対し、真理は時間の上に痕跡だけを残して消えてしまうものだと認めた。このような理論を土台として形成された解体主義者たちは、伝統構造に対する強姦と破壊を敢行した。解体主義は、今でも世界的に哲学、社会学、美学、文学などに大きな影響を及ぼしている。解体主義が激しいアバンギャルド的な性格を帯びているため、解体主義の反対派は、解体主義を「狂人文学」と非難したりもする。

手短に言えば、形而上学に対する欲望を持ったテロリスト（テロ主義者）に伝統文学が瞬間的に拉致されたものが、まさに解体である（キム・ボリョン「解体論」、『現代文学批評理論の展望』一八一ページ）。急変する現実の前で、人々は迷妄と彷徨意識を感じ、虚無から抜け出そうとする逸脱と克服の身振りをするようになり、それがよく抵抗の道として流れることになる。

私たちは、抵抗の美学としての例を、趙光明詩人の「尋牛禅」に見ることができる。

趙光明詩人は、誰よりも禅文化に執着する人として、仏教を深く会得しようと中国の仏教聖地ラサ大学にまで行って勉強した。したがって、仏教は、彼の詩を理解する鍵の一つとして重要である。

仏教で牛を探す十の過程は、真の生命とアートマン（真の自我）、あるいは真我を探す修練の過程であり、また「私は誰であるか」という問いに答える過程でもある。そのため、牛を探す十の過程は、まさに仏教の法規である。ところが、詩人は、神聖な法規を馬小屋に捨て、大胆に十一番目の図「放牛」を描いて、十の牛を放すことによって、無くしてしまうことによって法規に対抗する。おそらく人生に対する悲劇的な認識の産物であろう。

放牛

牛を軒下に縛り付けて
私は手綱だけ持って山に登る
手綱よ　山で自由になれ
手綱よ　山で思う存分飛び回れ

手綱を山に縛り付けて
私は裸で山に登る
軒はない
牛はない　（「放牛」「長白山」五号　二〇〇二年）

牛を放してしまったこの世の中に残ったものは何もない。手綱を山に置いてきたので手綱もなく、家に帰ると軒下に結んでおいた牛も失い、さらに軒までなくなってしまった。言い換えれば、「私」までなくなってしまったのである。牛は、すなわち「私」だからである。どんなに厳しい決心の末に探そうとした牛であったのか。如何に多くの血の代価の末に探した牛であったのか。しかし、その牛を放してしまうなんて。今や、牛探し（真の人なること）が、どれほど難しいかを見ることにしよう。

私の跡はなく
牛の足跡だけ遠く
山頂に延びている
牛よ　道を知っているのか……

牛が行く道は明らかなもの
しかし　道はなぜこんなに険しいのだ
しかし　道には牛の代わりに　なぜこのように
　多い
野獣たちが
（中略）
牛よ　私の血の臭いを
嗅いでいるのか……

（「見跡」「長白山」五号　二〇〇二年）

あまりにも凄絶だ。牛を訪ねる道は、平地ではなく山の頂であり、それに霧まで立ち込めて、しかも野獣までうようよしている。詩人は、険悪な人生と修練の叫びを、山の頂と野獣になぞらえている。牛を探す苦痛は「牛よ　私の血の臭いを／嗅いでいるのか……」に至って絶頂を遂げる。

ところが、このように艱難辛苦の末に血の代価として探した牛を、今は未練なく断念してしまう。牛を放して森に送り、「私」の首に掛かっていた手綱まで解いてしまう。徹底した逸脱で、反抗である。それはまた、自身に対する徹底した逸脱であり、反抗でもある。詩人は、真の生命、真の自我とは、一場の春夢に過ぎないということを認知して、再び世俗で、「放蕩」した自我として回帰する。素晴らしいパラドックス（奇説、異説、逆説）である。ここで私たちは、「存在は存在に進むと同時に存在が隠れる」は、デリダの言葉と「存在に進むところは隠された小路」というハイデッガーの言葉を今一度噛みしめることとなる。

存在に対する虚無と否定は、「入鄽垂手」に達し、完全に大手を振って歩き、ここで美学的実践の肖像画が立ち上がり、抵抗の美学が生まれる。「入鄽垂手」とは、家の中に静かに座って手を垂らして座禅するという意味であろうが、それが素晴らしいパラドックスとして描写される。

酒杯をあげて牛にすすめるが
どこに入るのか
酒一杯を美味しく
飲んだ牛は誰か?
空き瓶を持ってくすくすと笑う　私は誰か?
（「入鄽垂手」「長白山」五号　二〇〇二年）

法家では、酒肉が禁物なのに、牛が酒に酔ってふらつき、「私」は、飲み終えた空き瓶を持ってくすくすと笑う。ここで酒に酔った牛と、くすくすと笑う「私」は同一のイメージである。人生に対する反逆が、哀れになるほど赤裸々になる。詩人は、「入鄽垂手」の最後に至り、仏も私も、牛も、空間もすべてないと否定することによって、徹底した反逆を完成させる。私たちの詩壇では、珍しい破格であると言える。

ましてや、このように趙光明の詩は、解体主義を好んでいる。

二〇二二年三月二十日　改稿

『趙光明詩集』賛辞

佐々木久春
秋田大学名誉教授
秋田県立大学名誉教授

一

『趙光明詩集』をご紹介致したい。

基本に「禅」があり、その思想は全四部を通して見事に透徹している。しかし、その詩想は硬軟強弱と程よく生硬ならず調和している。しかも読者の我々は、覚醒と夢幻の境界を歩ませられる。

柳春玉氏の翻訳もこの詩集の真髄を示すにまことにふさわしい。現代詩の日本的「喩」を把握し抽象、具象行き届いた表現である。

作品を見ていこう。全体は四部百四篇より成る。――ああ生きることは悲しく、しかも「世界」とか「謂われ」とか「苦楽」とか、はては声なき、音なき無為に静かにあがくほかはない。人が生きるとは「都市の漁師」だ、と言う。霧の中に網をうち、美しい花を求める。しかし春を失った翼は飛べない。愛し合うものは罪と罰を蒙り、流れ流れて行き又行く。だが花を食べ新しい日の影に再生する。ついには荒唐無稽の意識の定着、太陽の心臓にうずくまり永遠を祈る。さあ起きよう行こう。心臓に固まった石を抱き、いやもともと石だった私はうずくまる。「大胆な幻想で花を殺し、無言の手に悪と乱暴を釘づける。どこへ向かうのか、行く行く。一輪の花が無くとも花より美しい寝床で春によってくすぐられる」――趙光明氏は見事に詩に生きる。

軽やかな喩だが重い意味を持つ。

二

まずこの大作『趙光明詩集』を、更に部ごとに概観しよう。

第一部

開巻冒頭、私の世界は「界のかなしみ」という詩に示される。「界」とは、境界であり、「ある領域」即ち「世界」といってよいだろう。私たちは今、死の世界へ至る道をさがしているらしい。「この道だ」「あの道だ」という話が聞こえては来る。しかし、その選択実行は難しい、「生」者の死への道は容易ならずと言う。そして第二篇で「座禅」が提示される。題名は座禅に続いて「ある三十代の朝」とある。座禅に「空」を思う。しかしそこに実現性は遠い。第十八篇「永遠の命」では、「春の花」に「火」をつける、「花」の歓呼と「火」の嗚咽、花と火は「出会って楽しんだのではないか」だが一輪の花も咲かせなかった「私」は恍惚たる夕焼け空に放り投げられている。

第二部

私はどうする、この混沌の中で（「都市の漁師」76頁）。都市という大きな網、それは巨大化するにまかせられ、漁師は網場、釣り場を探す。「都市」は為すこともなく運命の中にいる。その惰性の中で、あれ、あの一番高いビルの上で太った笑いを釣り糸にたらし「クスクス」と、そりゃ拍手だ。

明らかに広くなった町は、同時に明らかにもっと狭くなった（「都市の印象」）。「いつもついている空中照明／都市は夜も寝ないで／狂ったようにディスコで踊る」しかし「第一に土地は／ばらばらに破れ、砕かれ」という結末である。

第三部

私は流れ者だ。どうする、と問うまでもない。こうなのだ。

「朝　水がない」――水が無くとも、熱くなくとも叫びのように美しい土に埋める祈りの小さい今日、「春」の「今日」を掘り出して土に埋める。「春」だ、暗い、でも闇はすぐ行ってしまう。感激して花を植えるが、祈って深所に埋めるが、祈りの明日、落葉が笑う。私が花を植えたとき、花も私を植えたのだ。

　行き来する歳月の足は朽ちる。「思想に明かりをつけて／砂漠のような今日に捧げる真心」「道に同化する道の上の男…私を縛ろう　私を解こう／器と墓」（「流れ者日記　3」）。

第四部

　第四部タイトル「過ぎ去った今日」の詩篇。同題のこの詩でとかく思想に流れる感覚を墓に葬る。それは、すべては無意味を示す。感覚の下の無感覚の流れ、現実的脈絡の無さ、そこに落ち着く。あらゆる仮定を去る、でも歩く。しかし、いかに童話を積み上げても歩みをとどめることはできない（「足」）。どうするか。本書最後の詩は「冬眠の舞」である。冬眠しない熊、熊は踊る。と、冬眠は温まるのである。演奏できない演奏が続き、熊の鼻は能弁で美ならぬ美が出現する。春に酔ってくすぐる寝床が用意される。夢ならぬ夢、現実ならぬ現実が設定される。演奏できないものの演奏が続き熊の鼻は能弁、美ならぬ美が現出、用意されたくすぐる寝床が、夢ならぬ夢、現実ならぬ現実の場が設定される。

三

　全体はおよそ禅の詩想より成る。「禅」といえば大本をたどれば二千五百年前のインド・ブッダガヤよりも、少林寺の達磨大師が中国へもたらした不立文字の世界こそ中日文学・哲学への影響が大きいであろう。

　境界は設けられないだろう。生と死は不即にして不離だろう。その中で得たものはどれほどのものでもない。自らを解放しよう、束縛から。積み上げたような我が思いもどれほどのものか。美にして美ならざるもの、この身は夢にして現実、現実にして夢である。これを作者は言葉で表そうとする、いやそれはできないと信じている――そこに真理があるとする。

中国における如上のような詩想は、脱新古典主義とでもいうべきであろうか。中国は長い古典の詩の時代から脱して二十世紀に至り、様々な苦闘を経て新しい詩の時代を実現した。

文革終結後多くの苦難を経て「緑化樹」（一九六一）に馬縱花を描いた張賢亮、「ああ人間」（一九八〇）で人間性の回復を描いた戴厚英、モダニズムの手法を紹介した高行健ら多くの文芸人がいる。前にいただいた書物であるが中国人民大学程光煒教授ほか十二名共著の『中国現代文学史』には変革の過程が詳しい。また一九九一年刊の『中国新詩百首賞析』（北京語言学院出版社）にも詳しい。

四

二〇二二年八月、文革後の新古典主義の時代から既に中国において著名な詩人の沈奇氏から新詩集『天生麗質』（陽光出版社）をいただいた。その作風が沈奇氏のこれまでと違う。しかし又『趙光明詩集』と傾向が似ていると感じたのは誤りであろうか。ただ二人に面壁の時間と現在到着点の違いはあろうが。両書ともに「禅」を取り上げていた。

沈奇氏の詩集から「禅悦」（よきかな禅）という詩を一篇紹介しよう。

笑到最后的人　　最後の人は笑った
笑着笑着也死了　　笑って笑って死んだ
野风问灵亀　　野の風は霊亀に問う
何似長寿？　　どうして長寿なのか

答曰：无哭无笑　答えるには　泣かず笑わず
曰是自然在着　自然のままなのさ
野风还是笑了　野の風はやはり笑っていた
（訳は筆者）

生死の現実を超えて飄々として時間を謳う。趙光明氏の「座禅―三十代の朝」の「風」は「眉一本を抜いていく」。同じく「花の自殺」に色はない。「菩提の風の中に」の風は沈奇氏の詩中にも吹いている。――というように。

また、沈奇氏の『天生麗質』の序に、超毅衡氏、陳思和氏、そして北京大学謝冕教授らが言葉を寄せている。その言葉は、趙光明氏の詩についても同様に感じられた。たとえば、「これらの死は現実から離脱している。そして美的真理と東洋西洋思想の衝突がみられる。そこには私たちが長いこと影響下にあった翻訳体からの離脱と漢語の持つ力に思い至る」とある。これからまた、中国現代詩の新しい方向が見られるようだ。

両書を是非お読みいただきたい。

この度は、まことにすばらしい中国の現代詩を読ませていただいた。

あとがき

好きだ、詩が、私は……

詩集を出すということが、贅沢になってしまった。それでも、作家は文章を書かなければならないだろう。歳月がいくら意地悪でも、いや歳月が意地悪なほど、文章を書くのが作家ではなかったか。

私の青春を慰めてくれた詩を、私は捨てることはできない。いつか、友達と山の奥深くに分け入り、のんべんだらりと一か月間酒を飲んで詩だけを書こうと話したことがある。その友達との約束が果たされようが果たされまいが、詩を書かなければならない。薄暗くなればなるがままに、雪が降れば降るがままに、また風が吹けば吹くがままに、口笛のように、風に私の詩をのせて送るだろう。〈翼〉という中編小説を書いたことがある。人間にも世界を自由に飛び回ることができる翼があれば、どんなに良いだろうか。これまで社会的、家庭的な責任感を離れて、流れる歳月にのせられて中年まで来た。流れる歳月にのせられて、老年まで行くだろう。その瞬間瞬間の節目には詩が生きづくだろう。

そのような詩を愛する。
そのような詩が大好き。

二〇二三年十二月
中国広州にて

趙光明

著者

趙光明（チョクァンミョン）

中国朝鮮族詩人、小説家。
一九六七年中国吉林省楡樹県生まれ。
元「黒龍江新聞」「吉林新聞」の記者・編集者を経、現在フリーランスのライター。
詩集『座禅、ある三十代の朝』、エッセイ集『そして、ついに都市よ』。
吉林新聞豆満江文学賞、現代詩調賞、「延辺文学」尹東柱文学賞。

訳者

柳春玉（りゅう・しゅんぎょく）

日本翻訳連盟会員、日本現代詩人会会員、日本詩人クラブ会員、日本ペンクラブ会員、中国延辺作家協会会員、中国詩歌学会会員。
現住所　〒三四三―〇〇二六　埼玉県越谷市北越谷三―三―三　電話〇八〇―五〇八七―二二五二

編集　金学泉・全京業・張春植（チャンチュンシク）・韓永男・金昌永・柳春玉
後援　金春龍

中国現代詩人文庫　5　趙光明（チョウクァンミョン）詩集

発　行　二〇二四年七月二十日　初版

著　者　趙光明
訳　者　柳春玉
装　幀　直井和夫
発行者　高木祐子
発行所　土曜美術社出版販売
〒162-0813　東京都新宿区東五軒町三―一〇
電　話　〇三―五二二九―〇七三〇
FAX　〇三―五二二九―〇七三二
振　替　〇〇一六〇―九―七五六九〇九
DTP　直井デザイン室
印刷・製本　モリモト印刷

ISBN978-4-8120-2851-3　C0198